Ina Kerstin Müller

Die Flaschenpost

Für alle Menschen,
die den Mut und den Herzenswunsch haben,
„die Welt zu entdecken“
und ihre Träume wahr werden lassen.

Ina Kerstin Müller

Die Flaschenpost

Eine wahre Geschichte, die das Herz berührt

Herstellung und Verlag: BoD - Books on Demand, Norderstedt

Umschlaggestaltung: Ina Kerstin Müller, Cathrin Leibbrand
Titelbild und Illustrationen: Marian Janicki
Satz: Cathrin Leibbrand

ISBN: 978-3-8482-6383-7

Zum zweiten Mal führt uns unser Weg in die Bretagne. Mein Mann Marian und ich suchen erneut die Stille an diesem wunderbaren Ort des Rückzuges. Wir wohnen im Hause unserer Freundin und haben jetzt 4 Wochen Zeit, einzutauchen... zu arbeiten... uns zu erholen... und uns auf neue Abenteuer des Augenblickes einzulassen!

Es ist Mitte Oktober, und wir sind nun schon seit über zwei Wochen am Platz. Gerade jetzt haben wir den Impuls, wieder eine dieser schönen Strandwanderungen zu machen... Der Atlantik zeigt sich jedes Mal mit einem neuen Gesicht. An diesem Tag ist gegen 17.30 Uhr Höchststand der Flut und wir sind neugierig.

Der Strand ist menschenleer und heute so schmal wie noch nie. Überall sieht man große Algenstücke liegen, ebenso auch vielerlei Dinge, die das Meer so mit an Land geschwemmt hat. Plastikgegenstände, Teile von Fischernetzen, undefinierbarer Müll... und wir laufen mitten drin, da uns das Meer heute keinen anderen Platz lässt.

Es ist interessant, was der Ozean da alles so mitbringt und stimmt uns gleichzeitig sehr nachdenklich. Der Spiegel unserer Gesellschaft? Unser eigener Spiegel? Und während wir weiter durch den Sand stapfen, sehen wir ein paar Meter vor uns wieder so einen Gegenstand... ja es ist eine grüne Weinflasche. Ich sage im Spaß zu Marian: „Du schau mal, da vorne liegt eine Flaschenpost!“ Wir gehen näher hin, und vor allem wir *schauen* näher hin. Tatsächlich! Es ist wirklich ein Stück zusammengerolltes Papier in der fest verschlossenen Flasche sichtbar. Wir sind ganz aufgeregt.

Gibt es so etwas wirklich? Eine echte Flaschenpost? Ja, man sieht sogar ein wenig die Schrift! Unsere inneren Kinder fangen an zu hüpfen.

Da wir noch niemals eine echte Flaschenpost in Empfang genommen haben, verhalten wir uns entsprechend ungeschickt und wollen den Brief gleich am Strand aus der Flasche ziehen. Doch das Papier ist trotz des gut verschlossenen Korkens feucht geworden und beginnt beim ersten Versuch es herauszuziehen, zu reißen...

Gut, wir dürfen uns in Geduld üben. Wir legen die Flasche an eine Stelle am Ufer, die wir uns gut einprägen und machen unsere Strandwanderung, die ja gerade erst begonnen hat. Doch wir halten es nicht allzu lange aus. Wir drehen um und holen unsere Flaschenpost. Daheim angekommen, öffnen wir die Flasche, und zwar diesmal richtig – mit dem Hammer. Die Flasche zerspringt in tausend Stücke, und wir halten den feuchten, zusammengerollten und leicht beschädigten Brief in den Händen.

Eine recht junge Schrift in großen Schreibschriftlettern, geschrieben auf Französisch. Abgeschickt am 17. September, also beinahe vor vier Wochen... Wir sind ganz aufgeregt, und ich versuche den Text zu entziffern:

Montag, 17. September 2008

Guten Tag,

lieber Empfänger, ich habe diese Flasche ins Meer geworfen, in der Hoffnung die Welt zu entdecken. Wenn Sie diese Flasche gefunden haben, so nehmen Sie doch bitte Kontakt mit mir auf:

Telefonnummer...
E-Mail Adresse...
Postanschrift...

Ich danke Ihnen
Camille-Pierre

Jetzt ist unsere Begeisterung und Freude noch größer! Das ist wirklich eine echte Flaschenpost, so wie man sie eigentlich nur aus alten Filmen kennt! Unsere Herzen hüpfen. Der Handschrift nach ist es ein Kind, ein Mädchen, die diese Zeilen verfasst hat. Wir kennen den Ort nicht, können ihn auch auf der Landkarte nicht finden, obwohl aus der Telefonvorwahl hervorgeht, dass er in diesem Département sein muss. Ich habe die Idee, auf der Post oder im Tourismusbüro nachzufragen, wo der Ort zu finden ist...

An diesem Abend setze ich mich noch an meinen Computer um ein Gespräch mit unseren Lichtfreunden zu führen. Es erreicht uns folgende Botschaft:

Anm.: Die kursiv geschriebenen Texte sind mediale Übermittlungen aus der geistigen Welt von Meisterin Nada.

„Nun Geliebte, das war ja ein aufregender Spaziergang am Meer! Sei gegrüßt, hier spricht Freundin Nada in Verbindung mit Rubin. Dieses Mädchen möchte die Welt entdecken! Trotz Internet-Möglichkeit sucht sie dafür den Weg über die Flaschenpost! Das ist doch sehr bezeichnend, findest du nicht auch? Es wäre ein Leichtes, mittels der heutigen Technik, den Kontakt in die Welt hinaus, über das Internet zu erstellen – Foren dazu gibt es genügend – auch für Kinder. Doch dieses Kind sucht den Kontakt über das Meer... Was werdet ihr mit dem Wunsch dieses Kindes anfangen? ☺ Wie haben eure eigenen Inneren Kinder darauf reagiert, eine Post dieser Art zu finden, eine „ganz echte Flaschenpost"? Was würden sich eure Inneren Kinder wünschen, wenn sie so eine Post auf den Weg

geschickt hätten? Setzt euch heute Abend einmal zusammen, oder tut dies während eurer Brotzeit! Fragt eure Inneren Kinder danach! Was würden sie sich wünschen, bzw. wie möchten sie gerne auf diese Post antworten! ☺ *Das kann Freude bereiten! Ebensoviel Freude, wie ihr diesem Mädchen machen werdet, wenn sie eine Antwort bekommt – und dann auch noch von „Ausländern"... ja, sie hat es schon geschafft, die Welt ein Stück weit zu entdecken... Keine „Einheimischen" haben die Post bekommen... Nichts ist Zufall, ihr Geliebten! Oder glaubt ihr, dass der Atlantik euch so rein zufällig mit dieser Seele in Verbindung bringen möchte...?* ☺ *Das wäre doch irgendwie „unlogisch" oder?* ☺*

Folge deinem Impuls, und erkundige dich einmal, wo dieser Ort liegt, von dem die Flaschenpost losgeschickt wurde... das Kind möchte die Welt entdecken... vielleicht könnt ihr dem Mädchen dabei ein wenig behilflich sein? ... Und es kann immer nur Geschenke geben in solchen Situationen, findet ihr nicht auch? Alleine die Freude, die euch dieses Kind durch seine Flaschenpost gemacht hat ist doch einzigartig, oder nicht? Wer hat denn überhaupt schon mal eine „echte Flaschenpost" in eurem Freundeskreis bekommen? Oder wer in eurem Ort? Ihr könnt davon ausgehen, dass dies nicht sehr viele Menschen sind! Also, nutzt diese Fügung, und lasst sie sich weiter entfalten – ihr habt bis jetzt nur die „äußere Hülle" der „eigentlichen Post" ausgepackt... ♥ *"*

Der nächste Tag

Gesagt getan! Unsere Inneren Kinder haben Feuer gefangen. Wir haben sowieso vor, einen Ausflug zu machen. Wir nehmen unseren inzwischen getrockneten Brief mit. Die Dame im dortigen Tourismusbüro ist sichtlich ebenso erstaunt und überrascht, über unseren Fund, wie wir. Es kommen wohl nicht jeden Tag Urlauber mit einem Flaschenpost-Brief... ☺ Und jetzt erfahren wir, dass die Flaschenpost von einer Insel abgeschickt wurde! Als uns die freundliche Dame die Insel auf der Landkarte zeigt sind wir noch überraschter, denn die Entfernung ist schon sehr beachtlich – vor allem wenn man bedenkt, wie viele Steilküsten es hier gibt und wie viele Felsenriffe dem Festland vorgelagert sind. Doch die Flaschenpost hat es geschafft, unversehrt an Land zu kommen – ohne an einem Riff zu zerschellen, ohne in einer der unzähligen Felsspalten hängen zu bleiben und ohne an einer unzugänglichen Stelle zu stranden. Und vor allem hat sie es geschafft, *gefunden* zu werden!

Wir erfahren jetzt auch, dass man diese Insel mit dem Schiff besuchen kann. Von Brest aus fährt täglich eine Fähre und man ist in gut zwei Stunden dort! Da wird die Freude noch größer. Unsere Inneren Kinder malen sich in Gedanken schon eine Schifffahrt auf die Insel aus. Doch jetzt geht es erst einmal darum, wirklich Kontakt aufzunehmen.

Und so greife ich am Abend mit klopfendem Herzen zum Telefonhörer. Wir überlegen uns zuvor, was ich denn da überhaupt sagen soll. Zum einen ist mein Französisch nicht mehr so flüssig und zum andern telefoniert man ja nicht jeden Tag mit einer Flaschenpostabsenderin oder deren Eltern. Doch die Aufregung ist umsonst. Ich höre nur die elektronische Stimme eines Anrufbeantworters und verstehe gerade mal die Hälfte des Textes. Auch eine Handynummer wird durchgegeben. Wir sind ein wenig enttäuscht, doch wir nehmen es uns für den nächsten Tag noch einmal vor. Wieder dasselbe... Ich rufe zu einer anderen Uhrzeit erneut an, doch der Anrufbeantworter gibt mir immer dieselbe Information, die ich nicht vollständig verstehe. Nachdem wir schon ein wenig entmutigt sind, kommt uns der Gedanken, dass wir noch einmal die nette Frau aus dem Tourismusbüro aufsuchen könnten und diese bitten, die Nummer einmal zu wählen, so dass wir wenigstens wissen, was wir da immer zu hören bekommen. So einfach geben wir nicht auf, zumal unsere geistigen Freunde sagten, dass wir die Post bist jetzt nur zur „Hälfte" ausgepackt haben. Also wird es da auch noch eine Fortsetzung geben!

Marian und ich erfahren jetzt, dass mit der Nummer soweit alles passt. Die für mich nicht verständlichen Worte waren ganz einfach der Vor- und Zuname der Mutter des Mädchens. Es hieß, dass gerade niemand zu Hause ist und man auch auf der Handynummer anrufen kann. Gut! Jetzt wissen wir wenigstens, dass wir noch einmal anrufen können. Und das machen wir auch am Abend – jedoch mit dem selben unbefriedigenden Ergebnis. Auch in den nächsten Tagen versuche ich es noch einige Male erfolglos. Langsam macht es keinen Spaß mehr, und unsere Inneren Kinder werden schon ein wenig bockig. ☺ Doch ich kann es einfach nicht glauben, dass es das gewesen sein soll! So viele Fügungen können doch nicht einfach mit einer Enttäuschung enden – und außerdem vertraue ich auf die Hinweise unserer Lichtfreunde. ☺

Also, wir machen es so: Noch *ein* Versuch, und wenn es dann nicht klappt, schreiben wir eben aus Deutschland eine E-Mail. Mit diesem Deal sind auch unsere Inneren Kinder so einigermaßen zufrieden. Am Abend greife ich zum aller letzen Mal zum Telefonhörer...

„Hallo?" Höre ich die Stimme am anderen Ende der Leitung! Nach so vielen Versuchen hat bei mir das Herzklopfen vor dem Telefonat aufgehört – doch in Sekundenschnelle steigt mein Adrenalinspiegel. Mit leicht zittriger Stimme und einem holprigen Französisch melde ich mich und frage, wer da am Apparat ist. Es ist Camille selbst! Juhuu! Ich erzähle ihr begeistert von unserem Fund. Und auf der anderen Seite steigt hörbar ebenso die Freude, als Camille erfährt, dass ihre Flaschenpost gefunden wurde. Wir unterhalten uns ein wenig, so gut das eben geht. Ich frage Camille nach ihrem Alter und erfahre, dass sie 12 Jahre alt ist. Ich erzähle ihr ein wenig von uns und überlege mir nebenbei ganz angespannt, was ich denn alles noch sagen, fragen oder erzählen kann, da mir klar ist, wenn mir jetzt nichts mehr einfällt, ist das Gespräch gleich zu Ende. Ich erzähle ein wenig von Deutschland, da Camille ja die Welt entdecken möchte. Irgendwann sage ich zu ihr, dass es doch toll wäre, wenn wir uns treffen könnten. Camille findet die Idee offensichtlich auch gut und meint, dass sie am Freitag zum Zahnarzt nach Brest fährt und sich dort mit ihrem Bruder trifft. Wir könnten uns danach treffen.

Das ist eine prima Idee! Doch ich sage jetzt zu Camille, dass es vielleicht gut wäre, wenn sie erst einmal mit ihrer Mutter darüber spricht. Camilles Mutter ist momentan nicht zu Hause, und deshalb vereinbaren wir, dass ich später noch einmal anrufe. Und so machen wir es.

Etwas später am Abend rufe ich wieder an, und Camille hat inzwischen mit ihrer Mutter gesprochen. Die Zeit zwischen dem Zahnarztbesuch und der Abfahrt der Fähre zurück zur

Insel ist zu knapp für ein Treffen. Doch Camille schlägt vor, *wir* könnten sie doch besuchen! Wenn wir kommen, würde sie uns die Insel mit dem Fahrrad zeigen. Ich frage Camille, ob das denn ihrer Mutter recht ist, wenn wir da einfach so auftauchen. „Ja, es ist in Ordnung" sagt Camille. Doch sie soll uns ausrichten, dass es besser ist, wenn wir die Fähre vorbuchen, sonst bekommen wir vielleicht keinen Platz. Sie gibt mir die Telefonnummer von der Fährgesellschaft, bei der ich anrufen kann.

Inzwischen werde ich immer aufgeregter bei dem Gedanken, tatsächlich eine Reise auf die Insel zu machen! Camille und ich verbleiben so, dass wir uns informieren und ich mich am nächsten Abend wieder melde. Einen möglichen Tag für unseren Besuch machen wir auch gleich aus. Alles passt zusammen. In Frankreich beginnen am Wochenende die Ferien, und wir fahren am Mittwoch darauf wieder nach Hause. Also peilen wir den Samstag an...

Ich lege auf... mein Puls schlägt schnell und ganz euphorisch erzähle ich Marian jetzt die Einzelheiten des Gesprächs. Das „riecht" nach Abenteuer... ☺ Unsere Inneren Kinder sind begeistert und können den nächsten Tag kaum erwarten.

Zwei Tage vor unserer Reise auf die Insel

Wir gehen wieder zum Tourismusbüro, doch diesmal in
dem Ort in dem wir wohnen, da wir einkaufen möchten. Wir
bedauern es zwar beide ein bisschen, dass unsere erste nette
„Flaschenpost-Beraterin" nun nichts von unserem erfolgreichen Telefonat weiß, doch die Dame, die wir hier antreffen
ist auch sehr freundlich. Sie sagt uns, dass wir das Ticket
sogar direkt bei ihr buchen können. Nachdem wir genau
erklärt bekommen haben wie das alles läuft, wann man zum
Einschiffen da sein muss, wo der Hafen in Brest zu finden ist,
wie viel das Ticket kostet, wie lange man auf dem Schiff ist
und wie viele Zwischenstopps es gibt, buchen wir die Reise.
Es sind noch Plätze frei...

Und kurze Zeit später verlassen wir ganz happy das Tourismusbüro mit zwei Reservierungstickets unserer bereits be-
zahlten Schifffahrt... Jetzt gibt es kein Zurück mehr!

Wir können es kaum glauben – das ist ja wie im Film! Wir fahren tatsächlich zu ganz wildfremden Menschen auf eine Insel im Atlantik auf Grund **einer Flaschenpost!** ☺

Bei mir steigt die Nervosität... ich spüre meine Ängste vor der Schifffahrt, da ich vor einigen Jahren ein Erlebnis am Mittelmehr hatte, ebenfalls in Frankreich, wo wir nur eine *Viertelstunde* Überfahrt mit dem Boot vor uns hatten, und ich glaubte dass ich diese nicht überleben würde. Wir waren bei strahlendem Sonnenschein an Bord gegangen, um das weltbekannte Städtchen St. Tropez zu besuchen... Auf der Rückfahrt hatte sich das Wetter geändert und außerhalb des Hafens tobte das Meer. Meterhohe Wellen türmten sich um das kleine Ausflugsboot, und ich glaubte mein letztes Stündchen hätte geschlagen...

All die Bilder sehe ich jetzt wieder vor mir und spüre wie panische Angst vor der bevorstehenden Schifffahrt in mir aufsteigt. Diesmal sind wir über zwei Stunden auf dem offenen Meer und nicht auf dem Mittelmeer, sondern auf dem Atlantik... Im Tourismusbüro habe ich vorsichtshalber nach dem Wetter für den kommenden Samstag gefragt, und wir erfuhren, dass es vormittags ein wenig bewölkt sein würde und am Nachmittag möglicherweise sogar sonnig werden könnte. Also keine Gefahr für meterhohe Wellen... doch das beruhigt mich nicht wirklich. Noch zwei Tage bis zu unserer Reise...

Am Abend rufe ich noch einmal bei Camille an und informiere sie über unsere erfolgreichen Aktivitäten. Wir sprechen über die Uhrzeit, wann wir am Samstag ankommen werden. Auf die Frage, wie wir uns denn erkennen würden, haben wir uns auch schon was überlegt. Marian und ich haben unseren kleinen weißen Plüschbären namens Loni dabei. Wir machen es wie im Film, zwar nicht mit einer Rose im Knopfloch, doch wir nehmen Loni mit. Ich werde ihn am Hafen einfach aus meiner Jacke „schauen" lassen... ☺ Schon alleine die Vorstellung amüsiert uns!

Alles ist perfekt!

Und mein Angstpegel steigt... Die anfängliche Abenteuerlust hat sich inzwischen ziemlich gewandelt, und mein Inneres Kind ist kaum noch zu hören. Ich ertappe mich sogar dabei, dass ich im Haus unserer Freundin so aufzuräumen beginne, wie wenn ich nicht wieder dorthin zurückkommen würde! Ich beobachte mich selbst und muss teilweise schmunzeln und den Kopf schütteln. Doch das ungemütliche Gefühl im Solarplexus hält an.

An diesem Abend erhalten wir folgende Botschaft von unseren Lichtfreunden:

Anm.: Mediale Übermittlung

„Einen gesegneten und schönen Guten Abend, Geliebte. Hier spricht Freundin Nada. Welch große Freude, dass du heute zu deinem ersten abendlichen Gespräch vorbeikommst... ☺ Das wird dir gut tun...

Dennoch fühlst du dich momentan noch ein wenig flau, etwas gedrückt und nicht wirklich in deiner Mitte, stimmts, Geliebte? Auch das darf sein... du musst dein Dich-So-Fühlen nicht wegschieben.

Nimm es an und gehe weiter... Du fühlst dich ein wenig unsicher bezüglich eurer abenteuerlichen Reise vom kommenden Samstag. Celebration, erst einmal, dass ihr die Fügung, das Fenster, die Synchronizität genutzt habt! Wir sagten euch, ihr habt die Flaschenpost bisher nur zum Teil ausgepackt...

Ein Abenteuer wartet auf euch... Und dein Inneres Kind ist schon mächtig nervös...♥ Ja, es darf einen weiteren Kreis schließen, Frieden schließen mit dem MEER... Es ist jetzt an der Zeit dies zu tun! Ihr werdet über vier Stunden auf dem Wasser verbringen, und das ist eine wunderschöne Gelegenheit, um hier deine alte Seelenwunde vollends zu heilen... (Anm.: Zitat des „Energietextes Papillon" s. Anhang) Die Herzen heilen, die Wunden schließen sich... das Neue fließt heran und zeigt sich... und es ist wahrlich heran geflossen in Form einer Flaschenpost! Ihr werdet viele neue Eindrücke mit auf euren Weg bekommen. Ihr werdet eine ganz andere Lebensweise kennen lernen dürfen! Ihr kommt als Touristen und doch nicht als Touristen... Und Loni darf auch mit! Das ist ausgezeichnet.

Und noch etwas ist wichtig, geht mit den „offenen Kinderherzen" auf eure kleine/große Reise... Warum? Ihr habt eine Verabredung mit einem Kind... und ihr kommt mit euren Inneren Kindern! Und ihr habt Loni dabei... wer weiß, wen ihr noch alles mit „an Bord" habt, im wahrsten Sinne des Wortes... ☺ Habt eure äußeren und eure inneren Augen geöffnet – nutzt die Geschenke, die euch jetzt am Ende eures Aufenthaltes hier in der Bretagne noch gegeben werden! Und davon gibt es noch einige! Doch auch hier ist es so, ihr wählt, ihr entscheidet, welche der Geschenke ihr noch annehmen möchtet, welche ihr davon auch auspackt und an welchen ihr vorbeigehen werdet... ☺

WIR werden euch gerne auch begleiten... falls ihr nichts dagegen habt... Und Blinde Passagiere hat es doch schon immer gegeben, oder nicht? ☺ Leider wissen wir nicht so genau, wer von den offiziellen Passagieren vielleicht auch „blind" ist... im übertragenen Sinne.

Also – (Anm.: Zitat des „Energietextes Papillon" s. Anhang) das Licht beginnt zu leuchten und macht sichtbar... Verströmt euer Licht auch während der Überfahrt – allein eure Anwesenheit ist ausreichend, dass Licht Raum nehmen kann... Vergesst das nicht! Und wer diese „Erleuchtung" ☺ am Samstag von euren Mitreisenden annehmen möchte oder nicht, ist offen... ☺ Lasst uns ein wenig Spaß machen... Doch bitte, das mit dem Licht verströmen war tatsächlich so gemeint... ☺ "

Ich freue mich über diese Botschaft, bin ein wenig beruhigter, da es keine Andeutungen gibt, dass mein letztes Stündchen geschlagen haben könnte... Doch die Nervosität bleibt...

Ein Tag vor unserer Reise auf die Insel

Heute bereiten wir alles vor für unsere Fahrt nach Brest. Wir werden morgen gegen halb sieben losfahren müssen, um rechtzeitig am Hafen zu sein. Wir brauchen etwa eine Stunde bis dorthin, und ein wenig Spielraum ist von Vorteil, da Brest eine riesige Stadt ist. Doch es scheint, laut Beschreibung unserer netten Beraterin, recht einfach zu sein, den Fährhafen zu finden. Von der Reederei aus muss man auch etwas früher da sein, um die Tickets abzuholen – gut, alles bestens, wir haben einen ausreichenden Zeitpuffer, denn das Schiff legt um 8.30 Uhr ab.

Ich kann diesen Tag nicht besonders genießen. Ich stelle immer wieder fest, dass ich innerlich immer noch dabei bin, mit dem „Leben abzuschließen"... ☺ Die Nacht ist auch nicht gerade erholsam, doch sie geht vorbei. Zum Glück ist Marian ganz ruhig, vielleicht ein klein bisschen nervös, doch im normalen „grünen Bereich", so wie das eben ist, wenn man eine Abenteuerreise vor sich hat. Eine Reise ins Unbekannte, im wahrsten Sinne des Wortes. Doch was ist der Unterschied zu einer „normalen" Reise? Was wäre der Unterschied, wenn wir einen ganz normalen Ausflug auf eine Ferieninsel machen würden? Meine Nervosität bezüglich der Überfahrt wäre dieselbe, doch hier ist noch eine andere „Würze" dabei. Wir werden unbekannte Menschen kennen lernen auf Grund der Flaschenpost, die ein zwölfjähriges Mädchen ins Meer geworfen hat, um die Welt zu entdecken!

Der Reisetag

Der Wecker klingelt... draußen ist es noch stockdunkel...
wir werden hier zum ersten Mal mit Wecker geweckt!
Das Risiko zu verschlafen war uns zu groß, außerdem ist
es in der Bretagne am Morgen gut eineinhalb Stunden
länger dunkel als in Deutschland. Von daher wäre das ohne
Wecker sicherlich nicht gut gegangen.

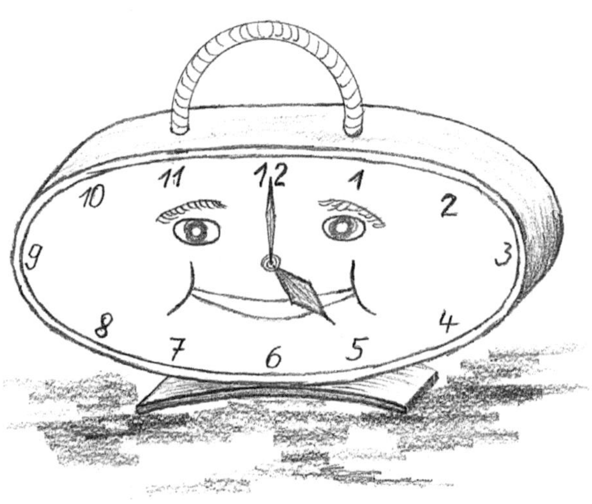

Wir machen uns fertig, nehmen noch ein spärliches Früh-
Frühstück zu uns, so dass wir nicht ganz nüchtern an Bord
gehen... Die Klappläden an den Fenstern haben wir erst gar
nicht geöffnet, denn wenn wir zurückkommen (wenn ☺),
ist es bereits wieder dunkel.

Und los geht die Fahrt. Auf den Straßen ist es fast autoleer und ebenso stockdunkel. Auch die Ortschaften, die wir durchqueren fühlen sich ein wenig gespenstisch an – bei uns zu Hause ist alles viel intensiver beleuchtet. Wir reden nicht allzu viel miteinander... inzwischen hat auch Marian das Reisefieber gepackt.

Schließlich kommen wir auf die gut ausgebaute Nationalstraße, die geradewegs nach Brest führt. Auch hier noch relativ wenig Betrieb. Unsere Zeitrechnung stimmt. Nach einer knappen Stunde sehen wir Brest vor uns liegen. Noch immer ist es vollkommen dunkel, und wir konzentrieren uns, dass wir die Beschilderung zum Hafen nicht verpassen. Wir folgen den Schildern „Ozeanopolis", einer Touristenattraktion, die in der Nähe des Fährhafens liegt. Es ist alles bestens ausgeschildert.

Endlich erreichen wir den Hafen, und der Hafen von Brest ist ein *großer* Hafen... Auch hier herrscht eine ganz eigenartige Stimmung... Riesige Lagerhallen, die ersten Frachter sind zu sehen, und trotz der guten Ausschilderung scheinen wir nicht richtig zu sein. Haben wir was übersehen? Hier ist kein Fährhafen. Also drehen wir wieder um und fahren die gleiche Strecke noch einmal – gut dass wir einen Zeitpuffer haben! Wieder kommen wir an die selbe Stelle! Da passt was nicht. Und wir haben nicht die Nerven für weitere Experimente. Gut, dann müssen wir jemanden fragen. Doch da gehen nicht allzu viele Leute am frühen Morgen einfach spazieren! Wir entdecken bei einer der Lagerhallen so eine Art Pförtnerhäuschen. Zum Glück sitzt da auch ein Mann drin.

Ich erkundige mich nach der Anlegestelle der Fährschiffe zur Insel und bekomme freundlich Auskunft. Wir sind im ganz falschen Bereich... der Hafen von Brest ist wirklich groß ☺, doch mit der Beschreibung des „Pförtners" finden wir jetzt ganz schnell die richtige Anlegestelle. Wir sind jetzt exakt richtig in der Zeit. Wir suchen einen Parkplatz für unser Auto, gehen zum Ticketschalter, wo schon viele Menschen stehen und bekommen dort, fein säuberlich vorbereitet, unser „echtes" Ticket für die Überfahrt. Wir entleeren noch mal unsere nervösen Blasen und besteigen schließlich das Fährschiff. Langsam beginnt es ein wenig zu dämmern.

Marian und ich erkunden das Boot und wechseln mehrmals den Platz *und* das Deck, um den *optimalen* Platz für uns zu finden... ☺ Dieses Fährboot scheint schon einige Jahre auf dem Buckel zu haben, oder sieht ein Boot, das täglich mehrmals auf dem Atlantik fährt halt so aus? Ist ja egal, ich bin nervös... Das Meer scheint tatsächlich recht ruhig zu sein, doch ich bin noch skeptisch! Wir müssen beide wieder auf die Toilette. ☺ O.K. und dann ist es endlich soweit. Das Schiff legt mit einer kleinen Verspätung ab. Man merkt, dass Ferienbeginn ist. Viele Passagiere sind an Bord gegangen, die offensichtlich vorhaben, längere Zeit auf einer der Inseln zu verbringen. Rucksäcke, Koffer, Fahrräder etc. wurden auf dem Schiff verstaut.

Langsam bewegt sich das Boot aus dem Fährhafen. Man kann inzwischen die Hafenanlage ganz gut sehen, da es jetzt langsam immer heller wird. Ein imposantes Bild, so ein Welthafen! Von Militärschiffen, alten Flugzeugträgern, großen Transportschiffen und Autofähren, ist alles zu sehen. Ich bin abgelenkt durch die interessante und ungewohnte Kulisse und merke erst nach geraumer Zeit, dass das Meer zwar ruhig ist, aber dennoch sehr große, breite, allerdings sanfte Wogen das Schiff auf und nieder heben. Keine Panik, das passt schon, sage ich meinem Inneren Kind. Und drum herum ist ja alles so spannend und aufregend, dass das mit den Wogen schon in Ordnung geht.

Ein relativ schmaler Meeresarm führt aus dem Hafenbereich heraus. Wir fahren eine ganze Zeit parallel zur Küste. Und es ist toll, all die schönen Leuchttürme zu sehen, ich bin ein Fan von Leuchttürmen.

Schließlich machen wir unseren ersten Stopp, der an der äußersten Spitze vom Festland liegt. Dort steigen wieder etliche Passagiere zu, und wir sind froh, dass wir die ersten Gäste waren und freie Platzwahl hatten. Wieder Fahrräder, Rucksäcke, Koffer.

Nun geht die Fahrt weiter – und jetzt aufs offene Meer... Mein Solarplexus ist flau. Das Meer ist ruhig, doch weiter weg sehen wir Riffe aus dem Wasser ragen, an denen sich große Wellen brechen – wie sieht das hier wohl erst bei bewegter See aus? Lieber nicht dran denken. Wir fahren eine weitere halbe Stunde und erreichen unseren nächsten Zwischenstopp. Eine kleine Insel. Hier steigen die ersten Mitreisenden aus. Die Insel ist kleiner als „unsere". Ist sicherlich auch eine Reise wert, doch wir fahren weiter aufs offene Meer hinaus – noch eine weitere halbe Stunde Fahrt liegt vor uns.

Inzwischen stimmt der Zeitplan nicht mehr, da wir an den Anlegestellen längere Aufenthalte hatten, doch wir sind vertrauensvoll, dass alles klappt. Immer wieder sehen wir Stellen im Meer, wo sich die Wellen an den Riffen brechen und ein tolles Naturschauspiel abgeben.

Jetzt sehen wir „unsere" Insel vor uns auftauchen... wir werden mit einer guten halben Stunde Verspätung eintreffen. Ich spüre eine leichte Vibration in mir. Eine feine Mischung aus Freude, Nervosität, Unsicherheit und Neugier.

Das Schiff nähert sich langsam dem Hafen. Wir sehen viele Menschen dort stehen, die offensichtlich auch auf Feriengäste und Verwandte warten. Wir hoffen, dass Camille auch dabei ist... Wie ausgemacht, positionieren wir jetzt Plüschbär Loni als unser Erkennungszeichen. Wir platzieren ihn in meiner Jackentasche so, dass man ihn gut sieht, aber auch so, dass es für Camille nicht peinlich ist.

Wir legen an. Die Taue werden festgezurrt, und endlich wird der Landesteg zum Aussteigen freigegeben. Jetzt sind wir aber neugierig...

Viele der Passagiere, die hier offensichtlich einige Zeit Urlaub verbringen, werden abgeholt, so wie man das auf Flughäfen sieht. Die Gastgeber haben kleine Tafeln in der Hand, auf denen Namen stehen. Wir gedulden uns noch ein wenig und lassen erst mal den Hauptrummel abklingen... Es wird leerer und leerer... Die Menschenansammlung wird überschaubar... Ein zwölfjähriges blondes Mädchen ist nicht dabei... Und schließlich ist keiner mehr da, außer uns...

Und nun?

Ist da was schief gelaufen? Wir sind irritiert und dann ratlos... Was tun? O.K., zum Glück haben wir das Handy mitgenommen, und so beschließen wir, bei Camille einfach noch einmal anzurufen. Und tatsächlich ist sie auch am Telefon. Etwas überrascht fragt sie, „Sie sind schon da?" Und wieder sind wir ein wenig irritiert, da wir ja eigentlich sogar mit Verspätung angekommen sind. Egal, Camille sagt, dass sie gleich los radelt und an den Hafen kommt.

Nachdem Marian und ich sehen, dass die kleinen Fahrradverleihe bereits schließen, nutzen wir die Zeit, um uns noch jedem eines zu mieten. Während wir mit der Frau am Verleih die passenden Fahrräder aussuchen, kommt plötzlich ein Fahrrad in Windeseile die leicht abschüssige Hafenstraße heruntergesaust – ein hellblonder Junge darauf. Marian ist geistesgegenwärtig, zieht Loni aus meiner Jackentasche und winkt dem Jungen zu. Er sagt zu mir, „Das ist bestimmt der Bruder von Camille." Der Junge steigt in die Bremsen und dreht abrupt um. Er kommt scheu, doch zielstrebig auf uns zu. Ich sage fragend zu ihm: „Camille?" Er nickt, und wir begrüßen uns erleichtert und überrascht zugleich. Ich versuche sofort ein wenig mit dem Jungen zu sprechen, um die ersten Berührungsängste zu überbrücken. Jetzt wird mir klar, dass das nicht der Bruder von Camille ist, sondern CAMILLE selbst... ☺ Oh, das ist aber peinlich! Camille ist kein Mädchen, sondern ein Junge! Obwohl ich ihn sogar am Telefon noch gefragt habe, wie sie, äh, er aussieht, ob lange Haare, kurze Haare, ob blond, brau oder schwarzhaarig? Ich bin nicht auf die Idee gekommen, dass Camille in Frankreich ein Jungenname ist!

Und noch etwas: Camilles vollständiger Vorname lautet: Camille-Pierre ☺. Wir haben den *Bindestrich* bei dem Flaschenpostbrief übersehen und dachten, „Pierre" sei ihr, äh, *sein* Nachname.

Nun ja, irgendwie überspielen wir diese, für uns peinliche Erkenntnis und kommen ins Gespräch. Dadurch dass Camille-Pierre Insulaner ist und wir seine Gäste, bekommen wir für unsere Fahrräder sogar noch einen kleinen

Rabatt. Dann starten wir. Camille-Pierre sagt, dass uns seine Mutter zum Mittagessen einlädt, wir allerdings nicht vor 13 Uhr da sein sollen. Und so haben wir jetzt 1 ½ Stunden Zeit, in denen uns Camille-Pierre die ersten Eindrücke der Insel vermittelt. Er ist erfreulich lebendig und gesprächig, und ich übersetze so gut ich kann all seine Ausführungen auch für Marian.

Noch nahe beim Hafen steigen wir von unseren Fahrrädern ab und klettern einen felsigen Abhang hinunter zu einer kleinen Bucht. Währendessen erfahren wir von Camille-Pierre, dass an der Insel immer wieder einmal Container stranden, die bei hohem Seegang von den großen Containerschiffen über Bord gehen. Das ist dann auf der Insel eine große Freude, vor allem wohl für die Kinder. Strandgut ist freies Gut. Einmal gab es T-Shirts, ein andermal Kugelschreiber und wieder ein andermal waren es Flipp-Flops. Am Marktplatz wird die ganze Ware dann zusammengetragen und jeder kann sich was mitnehmen. Wer am Strand zwei linke Flipp-Flops gefunden hat, kann am Marktplatz – wenn er Glück hat – den passenden rechten dazu finden. Wir sind amüsiert über diese Geschichte, denn für uns, als Bewohner des Festlandes, sind solcherlei Begebenheiten höchstens im Film zu sehen!

Camille-Pierre erzählt uns auch einiges über die Wasserverhältnisse auf der Insel und dass natürlich Süßwasser etwas sehr kostbares ist. Die Insel hat ca. 800 Einwohner, wovon etwa 600 ältere Menschen sind. Für uns ist das alles im wahrsten Sinne des Wortes Neuland und eine ganz neue Welt. Die Insel ist gerade mal etwa 5 km lang und ca. 3 km breit! Es gibt ein paar wenige Autos, wobei die regelmäßigen Fähren keine Autos mit übersetzen. Das ist nur relativ selten der Fall.

Die eineinhalb Stunden sind sehr kurzweilig, und ehe wir uns versehen, ist es Zeit zum Mittagessen. Zuvor hat Camille-Pierre noch mit strahlenden Augen erzählt, dass uns seine Mutter eine Spezialität der Insel kocht. Das sind speziell geräucherte, große, dicke Würste mit Kartoffeln, die auf besondere Weise zubereitet werden. Ich glaube das ist ein Lieblingsessen von Camille-Pierre, doch ich zucke innerlich etwas zusammen, da Marian

Vegetarier ist. Ich übersetze kurz für Marian und sage dann zu Camille-Pierre, wie es ist. Er ist für einen Moment ratlos und meint dann aber, dass er das seiner Mutter sagen wird. Wir wollen es nicht verschweigen, sonst sieht es doch sehr unhöflich aus, wenn Marian diese Spezialität zurückweist oder nur ein paar Verlegenheitsbissen zu sich nimmt.

Nun kommen wir also mit unseren Fahrrädern bei unserer Gastgeberin Yolande, der Mutter von Camille-Pierre, an. Wir werden aufs Herzlichste willkommen geheißen und begrüßt. Yolande stellt uns ihren Partner Christian vor, der gerade mit dem Rasenmähen fertig geworden ist. Yolande verschwindet dann noch mal in der Küche, um für Marian zu improvisieren, was uns wiederum etwas peinlich ist, da er auch nur mit Kartoffeln happy gewesen wäre. Inzwischen unterhalten wir uns und genießen den fantastischen Meerblick von der Terrasse des Hauses aus. Etwas weiter unten am Grundstück ist eine große Wäscheleine gespannt und farbige Wäsche tanzt im Wind – dahinter das gleißende Meer in der Mittagssonne. Es sieht aus wie auf einer Bilderbuch-Postkarte.

Jetzt gibt es Mittagessen. Ich komme mir vor wie in einem Film, einem Traum – oder ist das wirklich „echt" was wir da gerade erleben dürfen? Wir sitzen zusammen am Tisch, wie wenn wir uns schon eine Ewigkeit kennen würden, tauschen uns aus, lachen miteinander, genießen das wunderbare Mittagessen – und es fühlt sich einfach unendlich vertraut an. All die Gefühle, die uns da durchziehen, sind kaum in Worte zu fassen – und das alles wegen einer ECHTEN FLASCHENPOST, die ein Mädchen – äh, ein Junge ins Meer geworfen hat, um die Welt zu entdecken! ♥♥♥

Camille-Pierre erzählt uns, dass er auch schon einmal eine Flaschenpost mit Inhalt gefunden hat, doch dieser Brief war auf Grund der nicht gut gesäuberten Flasche durch den Alkohol nicht mehr lesbar. Wir dürfen diese Flasche auch sehen.

Jetzt fällt mir ein, dass wir für das „Mädchen Camille" ja ein kleines Gastgeschenk dabei haben... Und entsprechend „mädchenhaft" sieht es auch aus. Ein Terminkalender mit süßen Baby-Motiven der bekannten Fotografin Anne Geddes. Eine weitere peinliche Begebenheit, die uns aber alle herzlich lachen lässt. Camille-Pierre rettet unsere Ehre und sagt sehr charmant „ Die Geste zählt!"

Camille-Pierre notiert sich interessiert und wissbegierig verschiedene deutsche Worte und verwendet dafür gleich unser Mitbringsel. Er sagt er wird es benutzen, auch wenn er nicht vorhat, es in die Schule mitzunehmen... ☺

Wir sitzen beisammen wie gute alte Freunde, die sich lange Zeit nicht mehr gesehen haben, und ich halte immer wieder kurz inne und frage mich ob ich nicht doch gerade träume! Wir sind einfach glücklich!

Die Zeit vergeht wie im Fluge und es ist schon halb drei. Yolande muss noch arbeiten, und wir haben Zeit bis 17 Uhr, denn dann fährt unsere Fähre bereits wieder zurück. Wir bedanken uns sehr herzlich bei Yolande für ihre Gastfreundschaft, den so offenen und liebevollen Empfang von „wildfremden" Menschen aus Deutschland. Beim Verlassen des Hauses treffen wir auf der Straße noch eine Nachbarin.

Yolande stellt uns als Freunde vor. Wir sind sehr berührt.

Jetzt ist es Zeit, uns von Yolande zu verabschieden. Wir umarmen uns wie gute, alt vertraute Freunde. Wir gehen mit dem Wunsch auseinander, in Verbindung zu bleiben.

Christian und Camille-Pierre wollen uns noch ein wenig die Insel zeigen. Und so steigen wir in ein abenteuerliches, sehr „betagtes" Auto und – los geht die Fahrt. Nach ein paar hundert Metern auf einer schmalen Teerstraße geht es dann über einen Feldweg mit tiefen Furchen und Schlamm-Löchern. Christian zieht unter dem Fahrersitz einen kugelrunden Kompass heraus, setzt ihn aufs Armaturenbrett und sagt schmunzelnd „GPS!" ☺

Und was wir jetzt erleben ist ebenso traumhaft, unrealistisch, fantastisch und atemberaubend zugleich wie dieser ganze Tag! Man kann sich nicht vorstellen wie es ist, die Traumplätze einer wunderschönen, wilden Insel, inmitten des Atlantiks, im Zeitraffer kennen lernen zu dürfen. Wir haben noch knappe 1 ½ Stunden Zeit, denn wir müssen ja mit den Fahrrädern wieder zum Hafen radeln und diese auch noch beim Verleih zurückgeben.

Die Eindrücke und Bilder im Außen scheinen sich mit unseren Gefühlen des Bewegt-, Begeistert- und Überwältigt-Seins beinahe zu überschlagen. Wir sehen die zwei Westspitzen der Insel, die sich kaum in Worten beschreiben lassen. Da wir keinen Fotoapparat dabei haben, nehmen wir uns vor, all die Bilder in unsere Herzen hinein zu fotografieren. Inzwischen herrscht strahlender Sonnenschein, das Meer ist „ruhig" und zeigt sich uns in einer wilden Schönheit, wie Marian und ich es noch nie gesehen haben. Wellen, die ich in Worten gar nicht beschreiben kann. Wie muss das hier aussehen, wenn es wirklich Sturm gibt?

Camille-Pierre zeigt uns noch eine Stelle, wo es im vergangenen Jahr bei einem Sturm einen Betonsteg weggerissen hat. In diesem Bereich befindet sich auch einer der fünf Leuchttürme, die diese Insel umgeben. Fünf Leuchttürme für eine so kleine Insel sprechen für sich... Dort ist auch ein Leuchtturm-Museum. Wir können uns kaum losreisen von diesem umwerfenden Blick der breit und ruhig heran rollenden Wogen, die zunächst recht harmlos aussehen, doch dann mit tosender Kraft und einer enormen Höhe an den Felsen und dem Strand aufprallen. Die Gischt spritzt dabei gute 10 Meter in die Höhe. Camille-Pierre erzählt, dass hier auch schon verschiedentlich Menschen verunglückt sind, da sie die Gewalt der Wogen und deren Sog unterschätzt haben.

Die Uhr tickt... und wir werfen noch einen leider viel zu kurzen Blick in das Leuchtturm-Museum. Wieder haben wir das Glück, dass wir mit einheimischen Freunden unterwegs sein dürfen, und so können wir einen „5-Minuten-Durchlauf" im Museum machen, ohne Eintritt zu bezahlen. Die Zeit vergeht wie im Fluge, und eigentlich müssten wir jetzt schon umdrehen. Doch da gibt es noch ein weiteres Museum mit traditioneller Kleidung der Insel und alten nachgestellten Wohnungs-Einrichtungen, das uns unsere beiden Inselführer unbedingt noch zeigen möchten. Also rein ins Auto, und weiter geht's! Zum Glück sind die Wege hier auf der Insel nicht sehr weit.

Als wir dort ankommen hören wir von Touristen, dass das Museum schon zu ist, doch Camille-Pierre sagt nur: „Nicht für uns!" Wieder ein 5-Minuten-Druchlauf durchs Museum. Es sieht aus wie in einer Puppenstube, ganz bezaubernd!

Und weiter geht die Fahrt. Ich werde immer nervöser beim Blick auf die Uhr. Doch wir sollen doch noch das zentrale Städtchen der Insel wenigstens kurz sehen. Gesagt getan! Auch hier würde ich sehr gerne ein wenig verweilen. Doch mehr als ein kurzer Blick aus dem Auto ist heute leider nicht möglich.

Jetzt fahren wir an einem Sendemast vorbei. Camille-Pierre sagt nachdenklich und dankbar zugleich: „Das ist meine Verbindung zur Außenwelt!" Wieder sind Marian und ich sehr bewegt.

Christian beruhigt mich und sagt, dass es kein Problem mit der Zeit gibt. Camille-Pierre möchte uns gerne dazu inspirieren, doch vielleicht über Nacht zu bleiben. Da gibt es das Zimmer seines Bruders, der momentan nicht daheim ist... Doch die Uhr tickt, und wir spüren, dass das heute nicht dran ist, und dennoch ist dieser Wunschgedanke von Camille-Pierre sehr liebenswert!

In Windeseile geht unsere Insel-Rallye weiter. Schneller als gedacht kommen wir wieder beim Hause von Yolande an. Das ist das Praktische auf dieser kleinen Insel. Die Zeit ist jetzt wirklich knapp geworden. Christian macht den Vorschlag, mein Fahrrad in seinen Kofferraum zu packen und Marian möchte mit dem Rad zum Hafen fahren. Camille-Pierre ist mit von der Partie. Also fahren Christian und ich mit meinem Fahrrad im Kofferraum los, und die beiden auf den Rädern. Marian tritt in die Pedale und überrascht Camille-Pierre ein wenig! Dieses Tempo hat er ihm wohl nicht so ganz zugetraut. ☺

Es ist kurz vor 17 Uhr, wir erreichen den Hafen, geben die Fahrräder zurück und gehen zur Anlegestelle hinunter. Das Fährschiff steht schon startklar da. Die Stimmung ist jetzt ein wenig gedrückt. Wir sind alle sehr bewegt, erfüllt und jetzt auch traurig. Die beiden begleiten uns noch bis zum Schiff. Wir nehmen uns ganz innig und fest in die Arme und verabschieden uns, überwältigt von einer unbeschreiblichen Begegnung mit „wildfremden" Menschen.

Camille-Pierre und Christian stehen oben an der Hafenmauer und winken uns zu. Da kommt Camille-Pierre plötzlich noch einmal herunter gesaust und fragt mich, was denn auf Deutsch „bis bald" heißt. Ich sage es ihm, und er steht jetzt winkend da und ruft uns zu: „BIS BALD!!! BIS BALD!!!"

Jetzt steigen mir die Tränen hoch. Das Schiff legt ab, Camille-Pierre winkt uns von unten zu, ruft noch einmal „bis bald" und schaut uns mit traurig-lächelndem Blick nach.

Langsam entfernt sich das Schiff. Camille-Pierre und Christian stehen noch lange zusammen an der Hafenmauer und winken uns – und wir an der Reling des Schiffes.

Mit über und über gefüllten Herzen fahren wir zurück. Die Sonne rundet das ganze noch mit einem farbenprächtigen Sonnenuntergang ab.

Vorbei geht die Fahrt an den Leuchttürmen, vorbei an den wilden Felsklippen, die all ihre Bedrohlichkeit verloren haben. Wir sind überglücklich, unsere Herzen randvoll gefüllt und zu tiefst berührt.

Wir kamen am Vormittag als Touristen, als Fremde – und verlassen die Insel am Abend als Freunde.

Zwei Tage nach unserer Reise auf die Insel

Anm.: Mediale Übermittlung

„Einen wunderschönen und gesegneten guten Morgen, Geliebte. Hier spricht Freundin Nada. Die Kreise beginnen sich zu schließen... und eure Rückreise ist nicht mehr allzu fern. Dennoch – ihr seid hier – und die Geschenke dürfen sich einfinden..."

Anm.: Heute Morgen schien zunächst wunderbar die Sonne, dann begann es plötzlich etwas zu regnen, trotz Sonne. Und siehe da, ein Regenbogen stand am Himmel... wie am Anfang unseres Aufenthaltes! Das war so schön! Ja, die Kreise schließen sich... und dann auch noch mit Regenbogen... Am Anfang... Am Ende... ♥ DANKE!

Geliebte, dein Herz ist voll Wärme, Liebe und Dankbarkeit für all das Erfahrene, das Erfühlte, Erlebte... und aus Dankbarkeit entsteht Liebe... und Liebe ist die stärkste Kraft im Universum... ♥

Am Samstag durftet ihr eure Geschenke reichlich in eure Herzen aufnehmen... Ja, jetzt habt ihr eure Flaschenpost wirklich geöffnet und „ausgepackt"... Die Begegnung mit diesen Menschen hat eure Herzen berührt, geöffnet und euch weich gemacht... Und ihr habt euer Licht auf die Insel getragen... in Fülle... Auch ihr habt die Herzen eurer Lichtgeschwister berührt und erfüllt... Segen auf diese Reise... Segen auf dieses Wiedersehen... Segen auf euer Sein hier auf Erden... ♥♥♥

Eine warme Strahlung durchzieht dein Herz, wenn du an die Begegnung mit euren „neuen" Freunden auf der Insel denkst... Kosmischer Humor... Die Verbindung ist sehr alt, sehr vertraut und sehr innig – das konntet ihr fühlen. Ja, so ist es, wenn sich alte Freunde wieder treffen, wieder finden auf diesem kostbaren Juwel, genannt Erde. Manches Mal muss man größere Reisen unternehmen, um seine Herzensgeschwister wieder zu treffen... ob dies nun die Reise auf die Erde ist... oder die Reise auf eine Insel... wobei das letzten Endes keinen Unterschied macht... ☺

Bleibt in Verbindung miteinander... das wäre kostbar... Vernetzung ist angesagt... auch dieser Art... und ihr könnt genau jene Verbindung zum momentanen Zeitpunkt noch nicht vollkommen überblicken... ihr könnt sie erahnen... erfühlen... und das ist es, was jetzt wertvoll und wichtig ist... alles andere wird sich finden...

DANK an euch, dass ihr dieses Fenster genutzt habt... denn euch fehlt noch das größere Bild... wir können es wahrnehmen, euch jedoch momentan nicht eröffnen... wir dürfen euch Impulse geben – doch die Umsetzung dazu liegt in eurer Entscheidung, in eurem freien Willen... Umso schöner, dass ihr dieses Geschenk angenommen habt und euer Geschenk auf die Insel gebracht habt...

Dein Geliebter macht die letzten Besorgungen vor eurer Abreise. Du verweilst momentan alleine an diesem besonderen Platz der Kraft und der Stille. Auch hier wurden die Geschenke in den vergangenen Wochen „ausgetauscht"... Ihr habt euer Licht hier her gebracht und ausgedehnt und dieser Ort gab euch einen geborgenen, stillen, friedlichen Rahmen für all euer TUN und all euer SEIN. Auch hier Celebration auf die Fügungen, auf die Öffnungen und auf den Austausch der Energien der stattgefunden hat und noch stattfindet. ♥♥♥

Die Erde beginnt jeden Tag ein wenig mehr zu leuchten... Menschen wie ihr sind auf der ganzen Welt damit befasst, sich selbst und das Feld rund um die Erde zu erlichten, zu erhellen und mit ihrer Liebe zu erfüllen... Segen auf all dieses Tun, wo auch immer es sich vollzieht... Es spielt keine Rolle, denn alles ist mit allem verbunden... Das Licht beginnt zu leuchten und macht sichtbar...

Fühle die feine Vibration in deinem Herzen, in deinem gesamten Körper und lasse zu, dass es sich ausdehnt... Vielleicht mögt ihr heute oder morgen am Abend eine kleine Feier gestalten – Celebration – auf allen Ebenen! Ein Innehalten... ein Feiern auf das Geschehene und eine Feier für all das was geschehen wird – und auf das was GESCHIEHT... Alles ist mit allem verbunden. Vergangenheit, Gegenwart, Zukunft sind EINS...

Genießt eure letzten Stunden in diesen Tagen an diesem heiligen Ort... Bleibt offen für die Geschenke... sie befinden sich nach wie vor auf dem goldenen Tablett...

Seid liebevoll umfangen mit unserem Licht, unserer Liebe und unserer Herzensstrahlung...

Dies ist Freundin Nada"

Ein Jahr später

Wir haben mit unseren Freunden auf der Insel losen Kontakt gehalten und lassen uns überraschen, wie und wann sich unsere Wege wieder kreuzen... ♥♥♥

Fast fünf Jahre später

Nach mehreren Jahren Kontaktpause habe ich mir jetzt – aus aktuellem Anlass ☺ – ein Herz gefasst und wieder zum Telefonhörer gegriffen. Das Gespräch mit Yolande war nach all der Zeit so vertraut und nah, wie wenn wir uns gestern gesehen hätten. ♥ Camille-Pierre lebt inzwischen auf dem Festland, um auf seine Weise die Welt zu entdecken und zu erkunden.

Danke

Ich danke von Herzen Dir, Camille-Pierre, dass Du vor vielen Jahren, beseelt durch Deinen Wunsch, die Welt zu entdecken, eine Flaschenpost ins Meer geworfen hast! Dadurch durften wir Dich, Deine liebe Mutter Yolande und Christian kennen lernen.

Wir durften das Leben auf einer kleinen Insel im Atlantik „kennen lernen und erahnen", was uns sehr berührt, bewegt, beeindruckt und bereichert hat!

Danke für Deine E-Mail-Einladung zu Deiner französischen Internet-Plattform im Sommer 2012. Auch wenn ich mich nicht bei Dir gemeldet und eingetragen habe, ist dadurch die „Flaschenpost" wieder in Bewegung gekommen!

DANKE, an Dich Yolande, für Dein Vertrauen und Deine liebevolle Gastfreundschaft, mit der Du uns als „wildfremde, deutsche Flaschenpost-Finder" in Deinem Haus empfangen und willkommen geheißen hast! Wir kamen am Morgen als Touristen, als Fremde auf die Insel und wir verließen sie am Abend als Freunde.

DANKE, an Dich Christian, für die unvergessliche Intensiv-Rundreise ☺ über die Insel. All die Bilder und damit verbundenen Gefühle sind bis heute wie in einem Schatzkästchen in unseren Herzen lebendig!

DANKE, an Dich liebster Marian, dass wir auch diese Reise gemeinsam erleben durften und Du dieses Büchlein mit Deinen feinen und schönen Illustrationen so reich geschmückt hast!

DANKE, an Dich liebe Cathrin, dass Du uns im vergangen Sommer ermuntert hast, dieses Büchlein doch noch zu veröffentlichen und Du uns all die technische und grafische Umsetzung ermöglicht hast! Ohne Deinen Impuls und Dein freudiges und begeistertes Engagement, läge der Entwurf noch immer in der Schublade!

Und wiederum geht mein inniger HERZENSDANK an meine Licht- und Sternenfreunde, insbesondere an Freundin und Meisterin Nada, für die liebevolle, aufmunternde, humorige und einfühlsame Begleitung während der Reise auf die Insel und während meiner „großen" Reise auf dem Planeten Erde.

Über die Autorin

 Ich bin im Jahr 1964 an Himmelfahrt auf dieser schönen Erde angekommen. Es war ein Geschenk für mich, meine Schulzeit in der Waldorfschule verbringen zu dürfen und hier die Fülle und Vielfalt des kreativen Ausdrucks mit auf meinen Weg zu bekommen.

Nach Beendigung meiner Schulzeit begann ich, geprägt durch das Aufwachsen im Umfeld des elterlichen Druckereibetriebes, eine Ausbildung als Fotosetzerin. Nach Abschluss der Lehrzeit eignete ich mir durch verschiedene Zusatzausbildungen das Basiswissen an, um in der Werbebranche tätig werden zu können und arbeitete dann etwa 11 Jahre im Bereich Produktion in Werbeabteilungen und Werbeagenturen.

Mit 20 Jahren begann der Wunsch in mir wach zu werden, mich mit spirituellen Themen zu befassen, und ich besuchte von da an, parallel zu meiner Arbeit, Seminare, Workshops und Fortbildungen in diesem Bereich. 1993 erhielt ich eine intensive Channelingausbildung und in den folgenden Jahren begann ich in einer kleinen Gruppe medial übermittelte Meditationen zu leiten.

Meine Gesprächspartner waren Aufgestiegene Meisterinnen und Meister, Engel, Delphine, Wesenheiten von den Plejaden und auch von Sirius B.

Im Spätsommer 1999 stand dann mein Umzug von Stuttgart nach Augsburg an, um mit meinem Mann Marian zusammen zu leben.

In den folgenden Jahren bekam ich eine weitere kraftvolle spirituelle Ausbildung, die mich unterstützte, vollends auf der Erde anzukommen.

Im Jahr 2002 begann eine erneute liebevolle, mediale Schulung direkt durch mein Höheres Selbst, meine Seelenführung. In dieser Zeit setzte auch die erste Phase ein, in der ich mediale Übermittlungen in schriftlicher Form erhielt. Die Kommunikation mit der geistigen Welt floss direkt in meinen Alltag mit ein, doch nur für mich persönlich, ohne dass ich damit zunächst nach Außen ging.

Des Weiteren liegt der Schwerpunkt meiner Tätigkeit im Bereich Energie- und Körperarbeit, sowie Fußreflexzonen-Energiebehandlungen, Emotionalarbeit in Verbindung mit dem Inneren Kind, Clearing, Lösung von Blockaden und Integrationsarbeit im Zusammenspiel mit inneren Bildern, Meditationskurse und Seminare.

Multidimensionale Energiearbeit in Verbindung mit Delphinen und den weiblichen Göttinnenwalen, den Hüterinnen und Hütern dieser Erde, und die Rückverbindung mit der heilen, göttlichen Blaupause, sind weitere freudevolle und erfüllende Wirkungsbereiche in meinem Leben.

Zwischen den Jahren 2005 und 2009 entstand das Projekt „Papillon" und die dazugehörende CD „Papillon-Energie" mit Begleitbuch.

Anfang 2007 meldeten sich nach sieben Jahren Pause die Sirianer wieder bei mir, und ich bekam die Einladung in das Projekt „Die Chroniken von Sirius B" einzutauchen und damit in das übergeordnete Projekt „Der Mensch als erwachender Hüter der Erde". Daraus entstand im Jahr 2010 das Buch „Aus den Chroniken von Sirius B".

In den Jahren unserer intensiven Projektarbeit, reisten Marian und ich immer wieder in die Bretagne, um an einem wunderbaren und stillen Ort des Rückzuges in unsere Arbeit eintauchen zu können. Hierbei durften wir im Jahr 2008 die abenteuerliche und berührende Erfahrung machen, eine Flaschenpost zu finden und deren Absender und Familie kennen zu lernen.

Ein Jahr später brachte ich unsere Erlebnisse zu Papier und Marian erstellte all die schönen Illustrationen, die die Geschichte „untermalen" und schmücken.

Wiederum vier Jahre später hat diese Geschichte nun ihren Weg in die „Welt" hinaus gefunden, die Geschichte von einem Jungen, der die Welt entdecken wollte…

Papillon-Energie

von Ina Kerstin Müller

Der Energietext ist ein Mantra der Neuen Zeit – vier Zeilen in einer noch unbekannten Sprache und vier Zeilen in Deutsch.

Er umfasst 12 Schichten, die in einem Begleitbuch ausführlich erklärt werden. Alle 12 Wirkungsebenen befassen sich mit Reinigung, Klärung, Energieanhebung und Entwicklung des Menschen. Weitere Wirkungsebenen sind Mutter Erde – das Tier-, Pflanzen- und Mineralbereich.

Menschen, die dafür offen und bereit sind, können durch den Energietext einen Zugang zu anderen Welten und Sternensystemen bekommen.

Der Energietext und ein Großteil der Erklärungen sind mediale Übermittlungen aus lichtvollen Ebenen.

Die Papillon-CD beinhaltet fünf verschiedene musikalische Varianten des Energietextes, die je nach Stimmung ausgewählt werden können. Im „Energie-Gebet" verbinden sich viele Sprachen dieser Erde zu einem kraftvollen Klangteppich.

Gesamtspielzeit 61:10

ch.falk-verlag
ISBN 978-3-89568-205-6 / CD mit Begleitbuch
Euro 23,- / SFr 41,-

Aus den Chroniken von Sirius B
Der Mensch als erwachender Hüter der Erde
von Ina Kerstin Müller

*„JETZT ist die Zeit des Aufbruchs,
der Veränderung, der Häutung
von Jahrtausende alten Verkrustungen"*

Auf humorige, inspirierende, manches Mal schmunzelnd-provozierende, einfühlsame und vor allem liebevolle Weise begleiten uns die Sirianer und andere Lichtwesen durch die Zeit der großen Veränderung. Sie lieben es, uns praktische und wirkungsvolle Werkzeuge in Erinnerung zu bringen, die wir jederzeit anwenden können.

Die Aufgabe des Menschen, Hüterinnen und Hüter dieses wunderbaren Planeten zu werden, ist das Hauptthema dieses Buches. Die Impuls gebenden Channelings bringen neue Sichtweisen und lenken unsere Aufmerksamkeit auf grundlegende Qualitäten wie Vertrauen, Leichtigkeit, Begeisterung, Wertschätzung, Dankbarkeit und Achtung vor allem Leben.

„Die Neue Erde wird im Herzen eines jeden einzelnen Menschen geboren. Nicht im Außen, sondern im Innersten eines jeden Erdensternenwesens."

*„Die erwachenden Hüter werden erwartet.
Die erwachenden Hüter werden gebraucht,
und die erwachenden Hüter werden über alle Maßen geliebt.
Segen auf all euer Tun und euer Wirken hier auf Erden."*

Herstellung und Verlag:
Books on Demand GmbH, Norderstedt
ISBN: 978-3-8423-0712-4
240 Seiten, Paperback, Euro 18,-

Das Buch ist in jeder Buchhandlung erhältlich
oder direkt über die Homepage www.phenoya.net

Kartenset „Jetzt ist die Zeit"
Licht- und Sternenbotschaften
von Ina Kerstin Müller

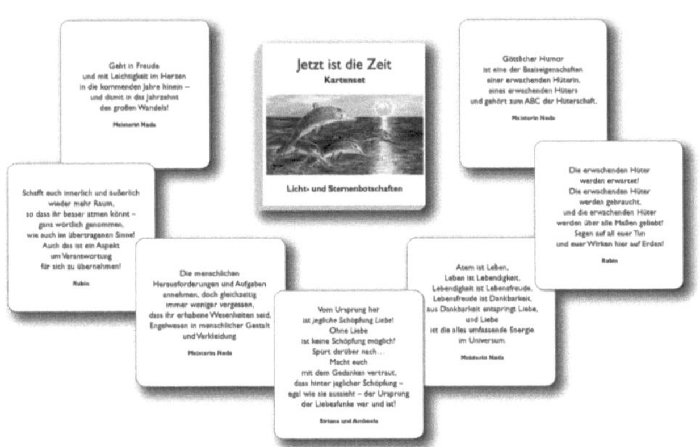

Begleitend zum Buch gibt es das Karten-Set „Jetzt ist die Zeit".
99 einprägsame Textpassagen aus dem Buch und aus noch un-
veröffentlichten Übermittlungen, sind hier zusammengetragen.

Die Karten können sowohl zur Vertiefung der Inhalte des
Buches dienen, als auch vollkommen unabhängig davon zur
Inspiration und zur freudevollen Unterstützung im Alltag.

Euro 16,50
inkl. Geschenksäckchen

Weitere Informationen und Bestellung unter:
www.phenoya.net